Barbapapa Barbamama

Barbidou

Barbibul

Barbalala

Les Livres du Dragon d'Or
60 rue Mazarine, 75006 Paris.

Loi n° 49-956 du 16 juillet 1949 sur les publications destinées à la jeunesse.
ISBN 978-2-87881-330-2. Dépôt légal : mars 2008.
Imprimé en Italie.

9 8 7 6 5

BARBAPAPA
La Moisson

Annette Tison
Talus Taylor

LES LIVRES DU DRAGON D'OR

Les Barbapapas ont fini de faucher les blés. Ils battent les épis pour en faire sortir les graines.

Puis ils les passent au crible.

Les sacs de blé arrivent au moulin.

C’est un moulin à eau ; la rivière fait tourner
la roue à aubes qui entraîne les meules.

Les grains sont écrasés entre les meules. Barbamama recueille la farine. Mais les enfants gênent le travail.

Barbapapa se fâche et les fait sortir.

Barbouille propose
une petite promenade
en barque.

Comme c'est agréable de se laisser porter par le courant !
Mais les Barbabébés ont oublié la roue du moulin...

BRRACATACATAC

Décidément ces
enfants sont
insupportables !

Il faut remplacer
la roue avec les
moyens du bord.

Et voilà de quoi
faire du pain et
des gâteaux pour
toute l'année!

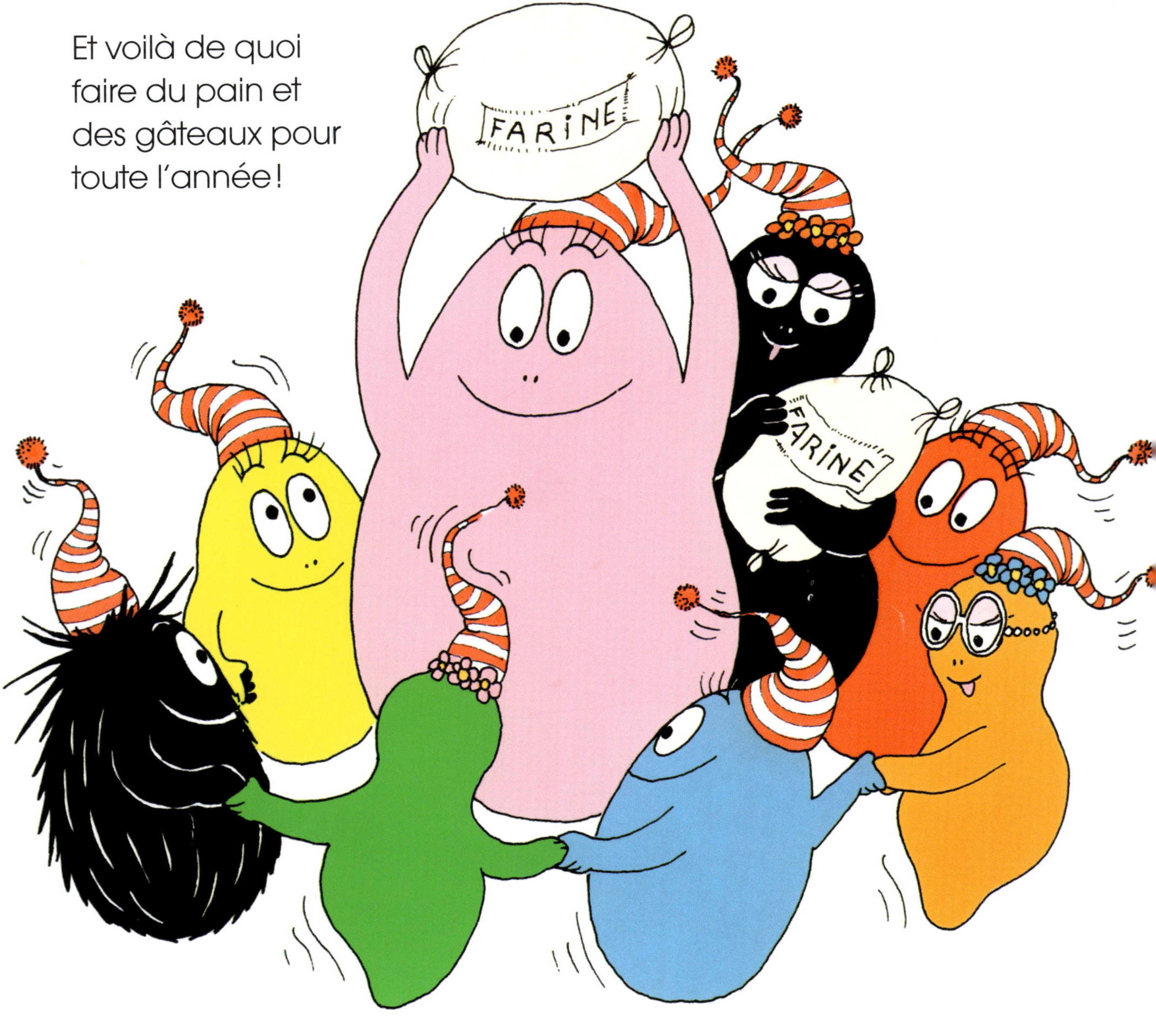